삶은 그리움

덧없음 속에서 피어난
사랑의 기록

삶은

그리움

권중근

저자소개

권중근

작가는 경남 진해의 농촌 마을에서 태어났다. 3남 3녀의 막내로 태어났는데 누나 둘은 어릴 적에 잃어서 자랄 때는 사 남매였다.

장복산이라는 산 초입의 언덕에 있는 마을이고 마을 이름은 '요사이'라고 했다. 왜 그런 이름이 붙었는지 정확하게 알 수는 없는데, 사람들의 설에는 일제 시대에 병원과 군부대가 산 중턱에 있어서 '요새'라고 부르던 것이 그리된 것이라 하였다. 산 중턱의 마을이다 보니 마을 전체의 논밭이 보잘것없어 마을 집들은 모두 빈농들이었다.

마을 뒤로는 이 백여 년이 된 큰 해송이 우뚝했는데 동네 사람들은 모두 '큰 소나무'라고 불렀다. '큰 소나무' 발치로는 제법 큰 시내가 흘렀는데 여름밤이면 개똥벌레들의 불놀이가 장관이었다. 호박꽃에 개똥벌레를 넣고 등을 만들어 놀곤 했다. 그 시절은 자연이 놀이터였고, 그래서 정서적인 면에서는 모든 것이 풍요로웠다.

학교에서는 중 고등학교 때부터 글을 읽고 쓰는 데 관심이 많아 문예부 활동을 하고, 백일장 같은 대회에도 많이 참가하였는데 때로는 제법 상을 받기도 하였다. 대학에 가면서 문학을 전공하고 싶었지만, 시골의 없는 살림에 문학 같은 사치를 할 수는 없었다. 당시에 대학에 가려면 무조건 법대 아니면 상대 둘 중 하나였다. 그래야 가족을 일으켜 세울 수 있었다고 생각했으니까.

경영학을 전공했지만, 생각한 바가 있어 소프트웨어 분야로 전공을 바꿨다. 연구소와 컨설팅 회사를 거치고 난 후 삼십 대부터 사업을 시작했다. 험난한 세상과 살아가느라 시를 쓰는 것을 잊게 되었다. 그래도 글을 쓰는 것은 언제나 마음의 한 켠에 자리 잡고 있었다. 다행히 이제는 그런 시간을 가질 수 있게 되어 부끄러운 글이지만 세상에 내놓을 수 있게 되었다. 이 글들은 그냥 나의 마음들이다. 읽는 이들에게 손톱만큼이라도 공감이나 위로를 줄 수 있다면 그것만으로 너무 행복할 것 같다.

차례

─────── Part 1

| | 홀 | 로 | | , | | 헤 | 매 | 임 | |

——————— Part 2

| 다 | 시 | , | | 기 | 다 | 림 | |

——————— Part 3

| 끝 | 내 | , | | 피 | 어 | 남 | |

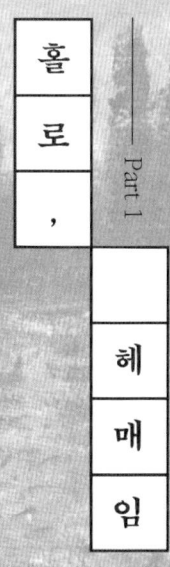

————— Part 1

홀로,

헤매임

어느 새벽

새벽 비가 한바탕
수선을 피우며 지나갔다

빗소리에 잠에서 깨어났지만
어스레한 여명만이 창가에 비치어
아직 꿈속인 것만 같다

비가 오고 있는지 그친 것인지
어제인지 오늘인지
여름인지 가을인지
알 수가 없다

나는 지금 어디쯤 있는 것일까

시 찾기

시를 찾는다
인터넷의 바다에서
시인들의 삶의 자국들이
물감처럼 뿌려져 있는 시들을 찾는다

이들은 모두 시인의 가슴에 난 생채기들
누군가는 그리움에 울고
어떤 이는 삶의 부조리와 곤궁함에 슬퍼하며
때로 피 끓는 이들은 이념과 투쟁을 소리쳐 외친다

나는 시인들이 열어젖힌 가슴속
그 깊은 뜨거움을 한 웅큼 가져와
내 사랑하는 이들에게 보낸다
이 새벽 느끼는 내 가슴의 희열이
그들의 마음에서도 솟아오르기를 바라며

벚꽃이 질 때

화려한 시절은 가버렸다.

이제 얼마 남지 않은 꽃잎들은
새로이 돋아나는 이파리들 속에서
아직 빛나며 남아 있긴 하지만
온 눈길을 담박에 앗아가던
그런 시절은 다시 오지 않을 것이다

꽃들은 산산이 부서지고 바람에 날려
바닥에 누웠다.
길 위로 풀밭 위로 흩뿌려진 하얀 화편들은
눈이 내린 듯하다

눈이 쉬이 녹듯이
저것들도 금방 스러질 것이다

아름다운 것들은
오래가지 못하는 법이다.

여름 단상

버스를 타고 가며
여름산을 바라본다
왁자한 소리가 들릴 듯
힘껏 자라는 초목들
끝없이 오를 것만 같은
우듬지들의 첨탑들
생명이 넘친다
40도 가까운 열기가
관측사상 처음이라고
라디오가 떠들고 있어도
나무들은 싱싱하고 찬란하다
해마다 돌아오는 여름처럼
늘 저렇게 푸르게 되살아난다면
무엇을 하며 살 수 있을까

겨울 풍경

왜가리들이
마른 물가에 웅숭그리고 있는 공원
몇 남지 않은 갈꽃들이 바람에 흔들린다
겨울의 초입
스산한 날씨만큼이나
풍경도 마음도 차다
겨울 가뭄 탓인가 늘 물결 찰랑이던 연못에 바닥이 보인다
멀리 언덕 위 등산로에는 색색별 등산복 입은 사람들 몇몇
알록달록 다채로운 색깔들도 회색 톤 풍경을 바꾸지는 못한다
언덕 위 구름마저도 하얗게 추워 보이고
앙상한 나목들 허공에 드리운 가지

쓸쓸하다

꽃이 지면 바람을 탓해야지

가만히 두면 그냥 그렇게 있을 텐데
바람이 불어와 흩어지네
남아있는 꽃대는 그저 흔들리기만 할 뿐
한 때 고왔던 모습들 모두 흐트러지고서

가지 않으려 애썼다 말하고파도
야속한 바람에 툭툭 떨어진 꽃잎은
어쩌면 아쉬운 마음속 이미 기다렸던 순간
난 이미 알고 있었지
바람이 나를 데려갈 줄을
그래서 바람이 그랬다고 탓할 수 있도록

그리움

그대가 사랑하던 노래
아직도 가슴을 저미네

희미해진 기억으로
시린 마음의 상처 아물었나 했건만
아직도 추억 조각들이 스치면
쓰라림을 어쩔 수 없어

잊었을까 하면 다시 꽃비처럼 내리는 그리움은
하얀 천에 물든 진홍 물감처럼 남아
어느 맑은 가을날
단풍 속 걸어가던 그 모습으로 새겨져
아무리 애를 써도 지울 수 없네

내 삶의 어느 순간
마주 앉아 차 한 잔 나눌 수 있다면
그리움은 수없는 꽃 송이로 피어
마지막 그날까지 향기로울 텐데

그대가 없는 새벽

일찍 잠에서 깨어났네
그대가 없는 새벽
하얀 입김 서리며
공기마저 차가워
더욱 허전한 마음

아직 겨울도 저 멀리인데
벌써 시린 이 마음을 어찌할까

늙는다는 것

세월이 간다는 것
그냥 별것 아니다

봄 햇살이 처연하면
마음은 내 인생의 봄날을 기억하지만
내 모습은 나의 가을을 그려가는 것일 뿐

누가 마음은 늙지 않는다고 했는가
초연해지는 것은 곧 늙어가는 것
이런 일 저런 일 모두 부질없을 때
세월의 한 순간이 또 나를 스쳐 지나가는 거지

친구의 부고를 받으면서
깔깔거리는 아이들의 웃음소리를 창밖으로 들으면서
화단에 핀 노란 민들레 꽃잎들을 생각하면서

겨울산

고운 단풍 옷들 하나 둘 벗더니
함박눈 내린 오늘
기어코 하얀 속살을 다 드러내었다.
봉긋한 능선과
알 수 없던 속 깊은 계곡들까지

오르지도 못할 겨울산인데
매혹적인 자태
그래서 저렇게 아름다운 것인가

친구

행복한 순간에도
슬픔이 가득할 때에도
사람은 항상
친구가 있어야지

인생은 친구를 만들고
또 헤어지는 과정
그리하여 살아가면서
사랑하게 되는 이들은 모두 친구
부모도, 아내도, 자식도
그리고 친구들도

내 삶의 빛과 소금은 모두
그들이 만들어주는 것
너희들의 빛나는 환희와
가슴에 어리는 슬픔들은
모두 나의 것

문상 가는 길

길가에 백일홍이 붉다
성하盛夏의 초목들은 힘 닿는 데까지 자라
우거진 잎새들은 빛깔마저 검푸르다

태양빛이 터져 내리는
이 여름날, 문상을 간다
모든 것이 왕성하게 자라는 이 계절이지만
죽은 그이의 그 분홍빛 곱던 얼굴
초롱하던 눈동자는 모두
먼지로 돌아가리라
그리하여 종내
아무도 기억할 수 없게 되리라

하긴 우리가 이 세상을 오가는 것과
세상의 존재와 무슨 관계가 있으랴
세상은 그저 있을 뿐인데

가마우지 몇 마리 강가에서 쉬고 있다
새파란 하늘에 뭉게구름이 둥실 피어나간다
빛나는 구름의 가장자리
너무 예쁘다

비 내리는 새벽

여명이 밝아오는 동녘 하늘엔 푸른 물빛
멀리 보이는 산등성이엔 보얗게 어린 운무
가녀린 비가 세상을 적신다

여린 빗방울 파문 가득한 개울물은
흘러가며 가로등 불빛에 반짝이고
상념도 따라 풀잎처럼 흐르고

비는 기나긴 밤 내내 보슬거리며
나의 방 창유리에도
길 건너 비닐하우스 지붕 위에도
개울가의 개양귀비 붉은 꽃잎들 위에도
끊임없는 실비로 고요히 내린다

내 가슴 속에도 눈물같이 흐르는 이 비는
깊이 모르는 그 사람의 마음도 적시고 있을까

샤워를 하면서

거품이 몸을 씻고 내려간다
이제 오늘 하루를 살아갈 만큼 깨끗해졌겠지
우리의 삶도 이랬으면
누가 보지 않아도
알아서 속속들이 씻어내고
향기로운 냄새가 배일 수 있도록

샴푸를 눌러 손바닥에 조금 받으면
남은 샴푸는 그대로인 것만 같다
그렇지만 어느새 남은 샴푸는 바닥 부근
인생도 그렇지
매일은 그냥 아무런 변화 없이 흘러가도
어느 날 문득 황혼
아껴 쓴다고 될 일은 아니야
샴푸같이 매일매일 깨끗하게 하는 데 사용하면 그만

마른 수건으로 개운하게 물기를 닦아내면
그날은 새날이니까
남은 날에 상관없이

술 한 잔

친구야 한잔 하세
세상 사는 것 별것 있나
한 잔 술 마시면
미운 이가 사라지고
두 잔 술을 마시면
모두를 사랑하게 되지
세 잔 술을 마시면
온 세상이 모두 우리 것일세

친구야 오늘도 한잔 하세
오늘도 온 세상이
우리 것인 것처럼

11월의 마지막 날

지난 계절 내내 푸르고 싱싱하던
씀바귀, 방가지똥 이파리들이 노랗게 익었는데
홀씨들은 날아가지 못하고 목화 송이처럼 엉기어
때 아닌 하얀 꽃밭이 만들어졌다
아마도 어젯밤 추적거리던 초겨울의 비가
씨앗들의 비행을 막았나 보다

차가워진 바람에도
아침 햇살에 빛나는
빨간 단풍 몇 잎 가장자리에
미처 행장을 차리지 못한 가을의 끝자락이 맴돈다.

몇 시간만 지나면 또 한 해를 보내야 하는
12월이 될 테지만
달력은 아직도 한 장 남았다.
마지막 잎새처럼

경주 단상

무영탑의 슬픈 사연,
에밀레종의 가슴 시린 전설이
눈물로 흘러 그리되었나
계림의 언덕들은 모두 곱고 순하다

그 세월 그곳을 살아간 사람들이 잠든
봉분들의 동그마니 오른 자태도
그들이 빚어낸 빙그레 웃는 막새기와
둥근 얼굴과 미소로 닮아 있다

천 년 궁궐터 월지의 푸른 연못 앞에서
그들의 스러져 감을 아쉬워하며
세월의 무상함을 한탄한다.
하릴없이 남산을 넘어가는 햇살과
그에 반짝이는 잔물결들을 보면서

바람이 불면

바람이 불면
작은 것들은 바람에 따라 흩날린다
아무런 미련이 없는 이들은
언제든 훌훌 떠난다

삶은 그같지 않아
가느다란 뿌리라도 땅에 내리고 있다면
가고 싶어도 갈 수 없다
바람에 매번 흔들릴 뿐

자그마한 회오리바람에
이리저리 흩날리는 낙엽들을 보며
그 자유를 부러워한다

날려서 어딘가로 가면
어딘가로 가면
어떨지

정류장

자그마한 공간 그 속
모든 것들이 기다리며 낡아간다
게시판의 낡은 포스트들도
버스를 기다리는 사람들도
정류장 옆 빛 바랜 거리의 풍경들도

바깥에는 온갖 것들이 지나간다
차들도
시간도
바람에 날리는 낙엽들도

늘 우리는 무엇인가를 기다리며
낡아지고
헐거워진다

낚시

어릴 적은 낚시가 좋았다. 고향이 바닷가 근처인 나는 민물 낚시는 알지 못했고 오직 바다로 낚시를 다녔는데 그 바다 낚시의 모든 것들이 너무 좋았다. 아버지와 형, 그리고 그땐 어려서 누가 누군지도 잘 모르던 친척들과 가던 그 수선스러움이 너무나 정겨웠다.

예전에는 지금처럼 상업용 채비가 발달되어 있지 않았기에 낚시를 가려면 하루 이틀은 채비를 만들어야 했다. 고기는 물때에 따라 잡힐 시간에만 잡히기 때문에 입질이 오기 시작하면 채비를 만들 시간이 없다고 아버진 늘 말씀하셨고 또 사실이 그랬다.

채비는 잡을 고기의 종류에 따라 달리 만들었는데 바닥을 기는 고기 종류들을 잡을라 치면 봉돌을 가장 아래에 달고 그 위에 짧은 목줄로 바늘을 두세 개 단다든지 물 중간에 떠 다니는 고기를 잡을 때는 봉돌도 작은 것을 중간에 매고 바늘의 목줄을 좀 길게 하여 멀리 떨어지게 만드는 등의 식이었다. 그리고는 윗부분에 고리를 만들어 나중에 도래에 바로 걸어서 사용할 수 있도록 하는 것이 중요했다. 당시에는 지금처럼 낚싯줄을 자르는 가위 같은 것들이 따로 없어서 그 질긴 나일론 낚싯줄을 이빨로 톡톡 끊어서 낚시를 매달곤 했는데 낚싯줄을 이빨로 끊는 데는 상당한 요령이 필요하여 그런 것들을 배우는 재미도 쏠쏠했었다. 만들어진 채비는 신문지나 헌 잡지 등을 두껍고 동그랗게 말아 그것을 막대기 삼아 돌돌 감아 놓아서 나중에 쉽게 풀어서 사용할 수 있도록 만들면 끝이었다. 채비는 많으면 많을수록 좋아서 낚시 인원이 많을 때는 십여 개의 신

문지 막대기에 수십 개의 채비를 준비할 때도 있었다.

그렇게 떠나는 낚시는 별다른 이벤트가 없는 시골에서 자라던 어린 나에게는 언제나 흥분되고 기다려지는 사건이었다. 언젠가는 거제도 근처의 어느 작은 섬으로 아버지와 형과 함께 갈치 낚시를 간 적이 있는데 지금도 그 순간들이 짧은 영화의 장면들처럼 내 기억 속에 선명하게 남아 있다. 갈치 낚시는 밤에 해야 하는데 그 날 밤은 달이 무척이나 밝고 바람은 없어 낚시를 하기에는 제격인 날이었다. 바다는 호수처럼 잔잔하게 물결이 일고, 물결 위에 반짝이는 달빛은 이 세상이 아닌 듯 아름다웠다. 우리는 커다란 너럭바위가 즐비한 바닷가에 자리를 잡았는데 한 켠에는 모닥불을 피웠다. 고기를 잡아서 매운탕을 끓일 요량이기도 했지만 무엇보다 그 섬 바닷가의 밤은 여름임에도 제법 쌀쌀했기 때문이었다. 그때만 해도 산속이나 바닷가는 여름이라도 시원해서 사람이 살 만한 시절이었다.

갈치 낚시는 지렁이나 물고기 살 등의 미끼를 쓰지 않았다. 갈치는 무엇인가를 잡아먹기보다는 주로 물 속에서 흐물거리며 떠다니는 것을 먹는다고 했다. 당시에는 지금처럼 인공 루어가 없었기 때문에 아버지는 오래된 군복의 천을 길게 찢어서 미끼를 대신했다. 중요한 포인트는 찢어서 사용해야 한다는 것인데 그래야만 찢어진 천의 섬유 가닥들이 너덜거려서 자연스럽다고 했다. 가위나 칼로 자르면 절단면이 매끈해져서 갈치가 뭔가 이상하다고 느끼고 입질을 하지 않는다는 것이었다. 그것이 사실인지는 알 수 없지만 여하간 그 군복 조각 미끼로도 갈치는 잘 낚였다. 아버지가 갈치를 낚는 모습은 어린 내 눈에도 멋있었다. 달빛이 휘황한 바닷가 바위 위에서 갈치를 낚아 올리면 공중 부양된 그 갈치는 달빛을 받아 은백의 칼처럼 빛나고 달빛 그림자에 드리워진 아버지의 실루엣과 대비되어 마치 한 장의 스틸 사진처럼 또렷하게 내 기억에 남았다.

유년 시절의 이런 추억들은 성인이 되어서도 늘 나를 낚시로 이끌었고, 특히 군에 입대하기 전 두어 달의 무위도식 기간 동안은 거의 매일 바닷가로 낚시를 다녔다. 천 원이면 버스비를 하고, 바닷가 구멍가게에서 지렁이 미끼 한 홉과 소주 한 병을 사고도 백 몇 십 원이 남는 시절이었다. 군대라는 미지의 세계에 대한 두려움이 크던 그 시절, 망망한 바다를 바라보며 두려움을 기대와 희망으로 바꾸고 그러면서 즐거움을 느낄 수 있던 낚시는 나에게 최고의 도피처였다. 물고기가 입질을 하면 흥분이 절정에 이르는 손맛은 찰나의 섹스에 비할 만했다. 바다에서 갓 올린 물고기의 싱싱한 근육이 펄떡이는 것을 보면 나의 피도 같이 끓어올랐고, 그 찰진 살과 소주 한 잔의 조화는 옥황상제의 주방장이라 해도 모를 맛이었다.

그러던 내가 낚시를 끊었다. 내가 고기를 먹지 말자거나 가축을 죽이지 말자거나 하는 비거니즘(Veganism) 주의로 생각이 바뀐 것은 아니다. 다만 어느 날인가부터 낚시가 몹쓸 짓으로 느껴지기 시작했다. 물고기가 낚시에 걸려 버둥거리는 것이 손맛이 아니라 죽음을 면하기 위한 처절한 몸부림, 소리는 없지만 단말마의 비명을 지르는 것이라고 생각되기 시작한 것이다. 먹을 것 즉 미끼를 가지고 물고기를 유인해서 그 입에 미늘이 있는 바늘을 걸어 빠져나오지 못하게 만들고, 살기 위해 몸부림치는 그 처절함을 손맛이라는 이름으로 즐기고 그리하여 잡힌 그 생선의 살을 먹는 과정이 너무나 잔인하지 않은가. 그것을 우리의 생존 목적이 아닌 취미로 즐기는 것이 인간의 교만과 탐욕을 나타내는 것 같아 부끄럽다.

삶을 위한 살생은 다른 생명의 축적된 에너지를 빼앗아와야만 하는 지구 생태계의 구조에서 어쩔 수 없는 우리의 숙명이지만 재미로 다른 생명을 죽이는 것은 그만두어야 하지 않을까. 나의 이 깨달음 아닌 깨달음이 다른 사람들에게도 전해질 수 있을까.

겨울 백양나무

백양나무가 줄지어 있는 겨울 풍경은
어쩐지 늘 그립다

잿빛 흐르는 산영 속에서
가냘픈 나신으로도
도도하고 우아하며 고귀한 그 나무들은
기나긴 시간의 흐름 속에서
늘 그렇게 백색의 실루엣으로 서 있었다

차가운 바람과 눈보라 속에서도 한결같이 자라서
매끈한 둥치가 아니어도 꼿꼿하며 우뚝한 그들은
세속의 그림으로는 담을 수 없다
그 순수를 담기에 세상의 화폭은 너무 남루하다

눈보라 이는 차가운 계절이 오면
그들의 모습은 빛나게 되어
숨기려 하여도 어쩔 수 없이 도드라진다
하여 백양나무가 있는 겨울 풍경은 늘
그리움 가득한 고독이다.

내가 잊어가는 말들

덕석 까구리 챙이 곰베 장군 짜구 도치

지게 자게작대기 바지게 장군 질매 수군포

이랑 뙤기 물고 두렁 꽝 논배미

정지 아랫목 웃목 구들 부숙 고래 부찌깽이 도구통 절구 숫돌

다듬이돌 인디 다리미 화로

짜다라 허덜시리 하모 근검추리

봉다리 수팅이 사구 깜물 제까치

닭장 횃대 호롱 문고리 문풍지 문살

모자리 중참 못줄 모찌기 호박구디

보리밟기 서릿발 종다리 깜부기 밀서리 무강 배뚱구리 아주까리

강새이 달구새끼 삐가리 얌새이

이랴 자라 워

상여 곡 고방 걸배이

신작로 한길

설빔 종재기옻 해치

복조리 대보름오곡밥 대보름달집 불노리 깡통불

근면 성실 모범 개근상 정근상

효자 효부 열녀 홍살문 정조 순결 일부종사

할마시 할배 아재 아지매 누야 새이 문디

그리고 어머이 아부지

숫돌

칼을 갈면
나도 같이 닳아진다
쇠들은 날카로워지고
나는 그만큼 회색 빛으로 녹아 흘러내린다

내 몸은
옆으로는 사람들이 쪼개어 얇아졌고
위로는 칼과 낫들에 갈려 사라졌으며
아래로는 나무 토막에 얼기설기 잡혀 움직이지 못한다
아마도 나는 나의 몸이 모두 닳아질 때까지
쇠들의 날을 받아내야 할 것이다

그리하여 단단한 바위에서 물로 변신한 나는
개울을 지나 강으로 흐르고
마침내는 자유로운 바다에 당도하게 될 것이다
쇠로서 내 몸을 갈지 않고는
영원히 도달할 수 없을 그곳에

탐닉

농밀한 즙이 흐른다
불꽃을 찾아 날아드는 부나방의
검붉은 겹눈이 수 천 갈래로 빛나고 찬란한 날개가 펄럭이며
짙은 향기가 퍼진다
눈 앞의 광경은 몽롱해지며
세상은 간 데 없이 사라진다
아아 달콤하며 방탕한 이 순간
생명이 누릴 수 있는 최고의 극치
내일이란 것은 존재하지 않으며
무엇인가 남겨서 다음을 약속해야 할 것도 없다
영원할 것 같았던 찰나가 지나고 나면
그 끝에는 늘 허무와 절망이 나란히 벽에 기대어 서서 나를 기다린다
탐닉이 도달하는 곳에는
절대적 공허와 다시는 가지 못할 것 같은 깊은 심연이
기다리고 있다
잊으려 해도 잊을 것이 없다
극락의 포장으로 가리워진
모든 것을 지워버리는 허무의 터널을 지나왔기에
존재가 있는 한 언제나 새롭게 다가올 내일은
언제나 아무것도 기록된 적 없는
무구의 바닥에서 또 다른 일기를 시작해야 하는 꼭지일 뿐

Part 2

다시, 기다림

그립다 말을 할까

꿈 속에서 그녀를 만났네
아름다운 그 모습 그대로
아무런 말도 못하고 바라만 보았지
요동치는 가슴에 새삼스레 쳐다보기 민망하여
딴청 피우며 멀리 하늘만 올려다보았어
눈물 한 방울 뚝 떨어져도
하나도 이상하지 않을 만큼 파란 그 하늘을

그녀는 가을 색 가득한 산길을 저만치 걸어가네
뒷모습 잊혀질까 눈에 담고 있는데
빛 바랜 낙엽 몇 장 바람에 날리어 그 모습 가리네
그녀는 간데없고 아롱진 나뭇잎만 눈 앞에 어른거려
마음 바삐 걸음을 재촉해도 멀어져만 가네
저 잎새들 흩날려 사라지면 그 모습 보이려나

남겨진 사진 속 그대는 언제나
투명한 가을 햇살 받으며 환하게 빛나네
등 돌려 걸어가는 그 모습 단풍 속으로 사라질 듯 멀어도
그립다고 부르면 뒤돌아볼 것 같아
마지막 노래처럼 그대 이름 부르고 싶네

빈처(貧妻)

마지막 남은 아내의 예쁜 옷
벌써 전당포의 고운 먼지가
쌓여가는 줄도 모르고

가난한 시인의 아내는
세월보다 빨리 늙어간다

발걸음 내키지 않는 처갓집 나들이
시인은 앞서 걸어도
낡은 청목당혜 불편한 신발에
뒤처진 아내가 마음에 아린다

나도 언제 고운 신 한 켤레 사줄 수 있다면
화롯가 앉은 시인의 독백에
여윈 아내 얼굴에 웃음이 피어나고
눈가에는 눈물이 맺힌다

아아 나의 천사
내 사랑하는 가난한 아내여

낯설음

가끔은 세상의 모든 것이 낯설어지는 때가 있다
눈을 감고도 손만 대면 그 자리이던 것들이 찾아지지 않고
불을 켜지 않아도 잘만 걸어가던 곳에 발이 내디뎌지지 않는다

나른한 여름날 오후 누워 언뜻 바라본 우리집 천장이
마치 처음 보는 것 같이 생경하게 느껴지고
새삼스레 다시 보이는 아내의 초로의 얼굴이
불현듯 우리는 이리 살았구나 하는 생각을 만든다

내가 누구인지는 나를 둘러싼 것들의 모음일 텐데
왜 이렇게 모든 것이 가끔은 낯설어질까

나는 누구일까
내가 날 모르고 너도 나를 모르면 누가 나를 알까

늦여름

매미 소리가 터질 듯하다
뜨거운 햇살은 쏟아져 내리지만
공기는 쩽그랑 소리가 날 듯 투명하고
서늘한 한줄기 바람은 이미 가을을 품었다

나무 울타리를 타고 오르는 호박 줄기
아래로는 익어가는 호박들이 덩실거리고
허공에 매달린 푸른 잎사귀 그 끝 하늘엔
오후의 열기에 피어오른 뭉게구름
하얀 빛 너머로 하늘이 높다

소나무 잎새는 검푸른 빛으로 그늘을 드리우고
내 마음 속에는 한줄기 한가로움이 피어난다
여름날 오후는
나른한 고양이 같다.

강남역 비둘기

사람들 북적거리는
강남역 어느 골목길
비쩍 마른 비둘기 두 마리 먹을 것을 다투고 있다
조그만 빵 조각 하나를 놓고
새빨간 눈 번득이며 수컷이 홰를 치고
암컷은 움찔거리며 기회를 엿본다
추레한 털에 윤기 하나 살 한 점 없어서
빈곤한 삶이 유리알같이 보이는 모습으로

이 아이들은 왜 여기를 떠나지 못하는 것일까
날개도 있는데
조금만 날아서 가면
먹을 것도 많고
오가는 자동차 경적에 놀랄 일도 없는
푸른 숲 산과 언덕들이 있는데

한 번도 여길 떠나보지 않아
갈 수 없는 것이겠지
두려워서 갈 수 없는 것이겠지

발길에 채여도
떨어진 빵 부스러기 주워 먹는 것이
가장 좋은 것인 줄 아는 것이겠지

고향 빈집

어머님이 요양병원으로 가시고 난
시골 빈집
바둑이 홀로 집을 지키고 있다

마당의 감나무는 주저리주저리 감을 달았건만
아무도 따는 이 없이 익어간다
가을이 오면 새들이 잔치를 하겠지

헛간 가는 길 마당 귀퉁이에 핀 상사화는
새삼스레 꽃잎 붉게 자지러지고
화려하던 꽃 스러진 선인장들은 끝 간 데 없이 솟아오른다
온갖 것들이 무성하게 자라도
집은 적막하다

시누대 울창한 담장은
오늘도 저렇게 무성하고 푸르고
대나무 사이사이에 열린 저 빨간 구기자들은
빗물에 그냥 다 녹고 말 테지

가을의 마음

수심(愁心), 글자를 풀면
그야말로 가을 마음

이 계절은 어찌하여
이렇게 마음을 흔들어 놓을까?

아마도
비 그치며 저만큼
높이 달아난 하늘이
눈물만큼이나 청량한 저 빛깔이
맑은 그 눈동자를
생각나게 만들어서일까

끝간 데 없이 보이는 맑은 푸르름
투명하게 튕겨지는 햇살
몇 송이 코스모스 바람에 흔들리는
가을 마음

들

어릴 적 들에는 도깨비와 귀신이 살았다
바람이 선듯 불어 휘돌아가면
볏잎들이 갈가마귀 낮은 울음소리처럼
여기저기서 쉬르르쉬르르 소리를 내고
난 머리가 쭈뼛거렸다

일제시대 금광이라던
우리 밭 언덕 중턱의 동굴에서는
밤이면 푸른 불덩이가 나와
원혼처럼 들판을 쏘다니고
우리는 그걸 보며
저승 못 간 사람들이라고 속닥거렸다

가뭄이 들어
조막논의 물고랑을 밤새 지켜야 할 때
아버지와 함께
논둑 한 곳 조금 평평한 곳에
가마니로 만든 자리에 누워
하늘을 보면 그곳엔
별들의 강이 흘렀다

밤하늘의 별빛과
개똥벌레의 불빛이

그게 그것 같던 그 시절
밤벌레와 소쩍새들은 애간장이 타게 울고
이슬은 내려
멍석 위의 우리를
촉촉하게 적셨다

졸졸 흐르는 개울물 소리가 자장가 같아서
선뜻 잠이 들었다가
문득 깨어나보면
그때까지 앉아서 논빼미와 물고를 하염없이 바라보던
아버지의 잔등에
달빛이 한아름 내려와 앉았다.

만유인력

세상은 어떻게 생겨났을까?
조물주의 이치는 단 한가지
서로 끌어당겨라.

빅뱅의 순간에 태어난 약간의 티끌들이 서로 당겨
물질이 생기고, 공간이 생기고,
아마도 시간도 그렇게 있게 되었다지

우리 살아가는 이치는 복잡하지 않아
오늘을 산다는 것
내가 누군가를 당기고 있다는 것의 다른 말
내일이 있다는 것, 그것은
아직도 당길 무엇이 남아 있다는 것

잘 사는 것을 고민할 필요는 없어
너와 나, 모든 순간 서로 당기면서 살면 되지

꽃

꽃은 아무런 곳에서나 핀다.
우리가 보기엔 아무데나지만 사실
꽃은
제자리에 제대로 피는 것이다.

가장 아름답게
가장 화사하게
가장 향기롭게

땅이, 장소가 아무렴 어떤가
뿌리와 줄기와 가지와 잎이 할 수 있는
최선의 힘으로

불평은 애당초 없었다.
한 송이라도 피워낼 수만 있다면

생각해보니

생각해보니
난 참 운이 좋아

공기 좋은 시골에서
농사짓던 부모 만나
흰 쌀밥 먹고 자라진 못했지만
몸에 좋은 온갖 잡곡과 나물이 세 끼 음식이었고
산딸기 개구리 가재들은 보약같은 간식이었네
놀이터가 산과 들이라
건강한 몸 하나는 그때 다 만들어졌어
불알친구들 많이도 만들었기에
지금까지 친한 친구들은 넘쳐나네

진정으로 인생에 필요한 것들은
이 시절에 이미 다 주어졌네
평생 이렇게 누리고 살았으니
난 참 운이 좋아

숲길

비안개와 더불어 폭우 쏟아지는 숲길
앞이 보이질 않는다
나무 뿌리들로 울퉁불퉁한 길은
흙빛 물로 가득하다
신발은 젖어 철벅거리고
몸은 추위에 떤다

동반자의 허리를 붙잡고 함께
빗속을 종종걸음으로 간다
온기가 느껴진다
이래서 사람이 함께여야 하는가 보다.

가는 길에 하늘을 가린
팽나무 그늘 아래에서
잠시 비를 긋는다
그 짧은 순간 비를 피하는 것도
숨을 돌릴 수 있게 한다

살아간다는 것은
이런 것이다.

안방 우주

한밤중에 목이 말라 거실에 나오니
늘 켜져 있던 심야등이 꺼져 있다
사방이 캄캄한데
뜻밖에 만난 우주
여기 저기 반짝이는 별 무리들
냉장고, 청소기, 벽에 달린 인터폰
모두들 한 무리씩 LED 별빛을 내보내고 있다
그러고 보니
방 안에 있는 모든 기기들은
제 나름의 은하
빛나는 별 무리들이 그 속에 가득하다
나는야 은하로 둘러싸인 별나라 우주인

어떤 사진

오래된 일기장을 뒤적이다
툭 떨어진
오래된 흑백 사진 한 장

교복 입은 여학생 셋이 활짝 웃고 있다
빛난다

지금은 어디서 살고 있을까?

엄마 생각

학창 시절
서울에서 출발하여
늦은 시간 시골 마당에 들어서면
마루에서 깻잎을 개키며 졸고 계신 엄마.

산더미 같은 깻잎
한 장 한 장 정리하고 묶어서
내일 아침 장에 돈 사러 간다고

매캐한 모깃불 연기 가득한
희미한 전등불 아래
어른 거리는 감나무 잎새 그림자 아래서
졸음 겨운 울 엄마는 밤 깊은 줄 모르고
깻잎을 접는다

이른 새벽
쪽잠 잠깐 주무신 엄마는
한 광주리 가득
밤 늦도록 묶은 깻잎들을 머리에 이고
장에 팔러 나가셨다.

아침 나절 지나고
저만큼 돌아오시며

"오늘 천 오 백 원 샀다"
환한 웃음 뒤
울엄마의 아픔은
나는 왜 몰랐을까
작은 몸에 그 큰 광주리 얼마나 무거웠을까

엄마 생각 – 두번째

누가 묻는다
엄마 생각을 많이 한다고
그래서 엄마에게서 무엇을 배웠냐고

생각해 본다
난 엄마에게서 무엇을 배웠을까?

아니다 난 배운 것이 없다
그냥 엄마 뱃속에서 태어난 거다.

차 마시기

찻물을 끓이면
솔숲 바람소리가 난다
물은 끓는 시간에 따라 모두 다른 소리를 낸다
부드럽게 보글거리다 쉬익거리다
무섭게 넘칠 듯하다가
종내는 잦아드는 솔바람 소리가 난다
그러면 찻물이 익은 것이다

오래된 찻통에서
미리 깨어둔 차를 차시(茶匙)로 덜어내어
차망(茶網)에 담아 찻잔 속에 넣고
잘 익은 찻물을 붓는다
황금빛으로 곱게 색이 배이는 찻잔, 은은한 향기
나는 차를 마신다
나는 내 삶의 한 조각을 마시며
흘러가는 세월을 마신다

왜 사니

가끔 나는 내게 묻는다

왜 사니?

글쎄

그냥 살지.

만추晚秋

하늘이 맑디 맑아
물빛 파문이 인다
햇살이 투명하게 영그는 잎새들
흔들리며 반짝이고
내 마음 가을 바람에
민들레 씨앗처럼 날아간다

나도 가을을 닮아간다

새들에 대한 오해

새들이 자유롭다고 말하지 마라
그들도 매어 사느라 힘들다
먹이를 구하느라 힘들고
짝지을 욕망에 마음 졸이며
새끼를 건사하느라 고단하다
우리와 다를 바가 하나도 없다

조나단 리빙스턴 시걸처럼, 그런 꿈꾸는 갈매기는 없다
단지 우리가 그들의 날개가 부러운 것일 뿐

창공을 유유히 떠돌며 바람을 가르는
저 송골매조차도
그 하늘에서 늘 땅만 보고 있지 않은가

그러므로 인간들이여
너무 슬퍼 말라
태어난 것들은 다들 그렇게 사는 것이다

새벽

아라비안 칼처럼 기운 달 조각이
검은 하늘에 차갑게 걸렸다
달보다 더 먼 산등성이 위로
희부연 동이 터오고
하늘에서 일어나는 일에 관심 없는 사람들
오가는 자동차 불빛이 분주하다

여명은 점점 붉어진다
어둠 속의 산자락들이 그 모습을 차례로 드러내며
달은 점차 희미해지고
이제는 실처럼 드리운 몇 가닥 구름들과
하늘을 함께 나눈다

아침이 오는 것이다

이 모든 것을 나는 멀리서만 지켜본다
내가 속한 세상
나는 동떨어져 있는 세상

짧은 여행

4호선 전철이 한강을 지난다
휴대폰에 코를 박고 서있는 사람들 뒤로
회색빛 강물이 빠르게 지나간다
덜컹거리는 소리와
흔들리는 마음
강 위를 지나가지만
강을 떠나 흘러가는 듯하다

오늘 내가 가야 할 곳은
남쪽 어느 작은 도시
눈 앞에 그려지지만 나와는 유리된 듯한 곳
거리감이 멀다

가서 사람들을 만나고
말들을 나누고
마음과는 다른 표정을 지으며
아쉽다는 인사를 하고는 돌아올 것이다
종착지 없는 여행은
내일도 또 기다리고 있기 때문에

기다림

겨우내 자라던 가느다란 꽃대에 드디어
난이 꽃망울을 터트렸다

밝은 빛 감도는 노랑과 푸른 빛 살짝 비친
해사한 세 장의 바깥 꽃잎
아래로는 나비의 날개 같은 곁꽃잎 두 장
몇 개의 반점이 묵흔처럼 생기 돋우는
여인의 입술 같이 신비로운 혀꽃잎
부드럽고 여리지만 기품 가득한 그 모습
천상의 조화가 빚은 완벽한 아름다움

꽃은 니가 피우는데 내 가슴이 왜 떨리냐 던
어느 시인의 독백처럼
개화의 순간은 경이의 또 다른 모습
온 세상이 기쁨으로 피어난다
탄식같이 감탄사를 발하지 않아도
마음 속 깊이 은은하게 퍼져가는 희열
꽃대가 첫 순을 내밀던 그 순간부터
기다리고 기다려온 환희로운 선물

모든 기다림의 끝이 이렇게 아름다울 수 있다면
우리 삶의 모든 시간이 곧 축복일 텐데

시에 대한 단상

시는 쓰는 사람의 것이 아니다
시는 읽는 사람의 것이다
시인이 시를 적는 듯 보이지만
단지 감정의 그릇을 빚는 것일 뿐

아무리 아름답게 구워진 도자기라도
값싼 술을 담아 둘 지
고귀한 향료를 넣어 둘 지는
주인이 결정하는 것

그래도 시의 그릇이 아름답다면
더러운 것을 담아둘 생각은 나지 않겠지

읽는 이들의 마음을 움직일 수 있는 시의 틀을 만들어
만 번의 생각 끝에 조화로운 단어를 찾아 잘 나열하고
누구나 좋아하는 노래 같은 시를 쓸 수 있다면
시인의 가장 큰 행복이 되겠지

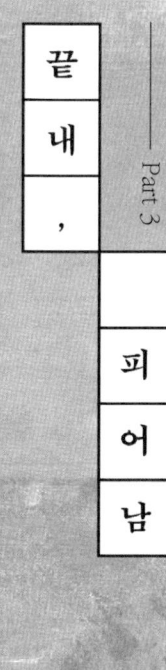

Part 3

끝내, 피어남

우리 엄마

우리 엄마
예쁘게 화장하셨네
지난 세월 내내 로션만 바르시더니
100년 삶을 마치고 가시는 길에는
자식들이 좋은 기억만 가지라고
온갖 화장 다 하셨네

우리 엄마
꼭 감은 두 눈 위에
분홍빛 아이새도우 하시고
창백한 두 볼에는
발그레 볼터치도 하셨네
늘 거칠던 입술에는
핑크 루즈가 반짝이네

조그마한 하이얀 얼굴
가지런한 입술 꼭 다물고
감은 두 눈 속눈썹이 길어
우리 엄마 이제 보니 예쁜 얼굴이시네

이렇게 아름다운 우리 엄마
천국에서는 더 멋진 모습으로
어지러운 세상 힘들었던 인생 모두 잊으시고

행복하고 또 행복하게
천 년 만 년 사세요.

봄

볼 것이 많아서 봄인가
온 세상은 고운 빛

어둡기만 한 겨울 땅 속에 어쩌면
저리도 예쁜 색들이 숨어 있었을까

겨울 차가운 바람 속 얼어만 있던 나무들
속으론 한 순간도 쉬임 없이
봄 빛깔들 한 방울 두 방울 빼짓이 퍼 올려
오목조목 꽃잎 만들고 물들이고 접어서
가지 끝마다 미리 갈무리해 두었을 거야
봄비가 소식 알리면
담박에 피워 올려야 하니까

누가 그린 것도 아닌데
이렇게
아름다운 세상 만들어졌네

사랑한다는 것

난리다
마음 속이 요동을 치고
태풍이 불고 풍랑이 인다
가만히 있어도 온 세상이 일렁인다

눈 앞에 흰 눈이 흩날리다가
갑자기 단풍이 떨어지고
이내 벚꽃이 온 세상에 만발한다

창랑한 바다가 넘실거리더니
울울한 골짜기들이 갑자기 나를 휘감더니
이젠 고요한 숲길의 향기로운 솔내음이 온 사방에 흩어진다

내가 너에게 가고
네가 나에게 오는 것이
무엇이기에

가을 하늘

나는 가을 하늘이 좋다
티 없이 맑은 에메랄드 빛
한 줌 쥐면
물방울이 뚝뚝 떨어질 것 같은
그 투명함
몇 점 구름은
보석처럼 빛나는 선물
하이얀 그 빛깔로
더욱 푸르러지는 가을 하늘

첫사랑

강산이 두 번쯤 변하고 나서야
만난 그녀
빨간 원피스를 입고 왔다
어느 날인가 우리가 헤어지던 그 때
나의 가슴에 났던
그 상처도 붉디붉었는데

한 잔의 차를 마시며
우리는 옛날 이야기를 한다
마치 영화의 한 장면처럼

그날은 달이 참 밝았지
사람들의 눈을 피해
손잡고 걸어가던 개천 뚝방 아랫길
물소리가 졸졸거리고
코스모스 몇 송이도 밤바람에 흔들거렸어
너의 얼굴은 흥분으로 발그레해지고
눈동자는 반짝였지
우리 열여덟 청춘은 아마도
그날 가장 빛나고 있었을 거야

되돌릴 수 없는 시간
삶의 물감들이 섞이는 방법이 달라

서로 다른 그림을 그리며 살아가지만

가슴 한 켠에 아리는 슬픔

그래도 그녀의 그 화폭

아름답게 그려지고 있겠지

고향 가는 길

기차는 쉼 없이 달린다
창 밖은 희끄무레한 운무
철교 아래 흐르는 강물 위로 잔파도가 일고
곧 비가 내릴 것만 같다

늙은 어머님을 뵈러 가는 길이
즐거워 본 지 오래
삶의 긴긴 세월을 지나
아직 홀로 고향 집에 계시는 어머님은
남들은 정정하시다지만 그래도 사는 것이 힘들어 보여
그런 어머님을 뵙는 것은 늘 마음이 아린다

아무것도 해 드릴 수 있는 것이 없다.
집을 떠나실 수 없는 어머니
그런 어머니와 함께 살아야 마땅하지만
그러지는 못하고 이런 저런 변명을 스스로 만드는 나
자식이 무엇인가 생각해보지만
내가 무슨 대답을 할 수 있을까

뉴스에서는
모든 것을 가졌던 사우디 아라비아의 왕이 죽어서
한 뙈기 땅에 봉분도 없이 묻혔다고 한다.
그런 권력과 돈이 있을 턱이 없는 나는

무엇을 위해 사느라고
자그마한 효도도 제대로 하지 못하는 것인가
헛되고도 헛되다는
솔로몬의 탄식을 생각할 필요도 없는데

공항

설레는 사람들의 웅성거림
기대 가득한 반짝이는 눈동자
일행들을 찾는 바쁜 발걸음과
반가움의 작은 환성들

떠나려는 이도
오는 이를 기다리는 사람도
모두가 설레는 곳
공항은 인생의 또 다른 축소판

새로운 출발
새로운 도착
모두들 하나 둘 꾸린 가방 속에는
무엇들을 챙겨 넣었을까?
꼭 가져가야 하는 것은 무엇일까?
막상 가보면 언제나 한두 개는
아차 그걸 가져올 걸 할 텐데.

부처

부처님은
보리수 아래서 득도를 하시고는
바로 열반에 드시려고 하셨대
궁극의 깨달음으로 윤회를 벗어나셨으니

그런데 사람들이 간청하길
삶의 고통 속에서 살아가는
중생들은 어떻게 하고 혼자 가시느냐고

해서 자비심으로 세상에 남아
삼 만 팔 천 가지 방법으로
사람들의 근기에 맞게 가르치셨대
이렇게 저렇게 살아가라고
그러면 깨달음이 너에게 올 거라고

삼 천 년이 지난 지금
부처님의 가르침은
삼 만 팔 천 가지 모두 남았는데
우리 삶의 고통은 하나도 없어진 것이 없어

부처님 부처님
어찌해야 좋단 말입니까

당신께

벌써 달이 저만치 올라온 저녁이 되었네요.
한 동안 극성스럽던 무더위가 이제 한풀 꺾이네요.
바깥에 소란스럽게 내리는 이 여름비가 가고 나면 가을이 오겠지요.

당신은 어떻게 지내십니까?
나는 잘 지내고 있습니다.
늘 마음의 한 구석이 허전하다는 것만 빼면
아무런 일 없이 잘 지내고 있답니다.

생각해보면
참으로 꿈 같은 시간들이었네요.
어떻게 왔다가 어떻게 가버린 지도 모르는.
늘 지나간 것들은 회한으로 남고
이렇게 오랜 시간 동안을 그리워하며 살아야 합니다.

시간이 모든 것을 잊게 해 준다는데
왜 나는 안될까요?
이렇게 심장까지 새겨진 아픔이
쉬이 지워지진 않을 것 같습니다.
할 수만 있다면 잊어버리고 싶고
도려내어 버리고 싶습니다.

다시 찬 바람이 부는 겨울이 오면

나는 또 가슴이 아리겠지요
당신은 그 즐거운 삶 속에서
모든 것을 잊었겠지만 말입니다.

그래도 어쩌겠습니까.
늘 당신이 행복하길 기도할 밖에요.

춘상春想

밤새 똑똑거리던 봄비
그쳤나 했더니
새벽이 되니 다시 양철 지붕을 살금살금 두드리네
부엌과 장독대 사이
얼기설기 걸쳐 있는 그 낡은 지붕 위를

까마득한 옛날 나 어릴 적
아버지가 손수 지으신 시골집,
당신은 가시고 늙은 어머님만 남아
집과 함께 스러져가고 있지
나는 손님처럼 찾아와
작은 방에서 잠 못 이루는 밤을 뒤척일 뿐

어릴 땐 이 집과 동네가 나의 전부였는데
마을은 점점 낯설어지고
고향집도 자꾸만 마음에서 멀어져가네

비가 그치면
마당은 온통 새로 나는 것들로 지천을 이룰 테지
절구통 옆에는 더덕이 순을 올려
하얗게 꽃 열린 배나무 허리를 붙잡고 올라갈 거고
선인장이 왁자하게 무리로 자리잡은 헛간 앞에는
처녀꽃이 빨간 입술 같은 꽃망울을 터트리겠지

꽃 지고 난 생강나무 아래
수국이 싱싱한 푸른 잎을 내밀게 되면
어머님은 또 밭으로 나가시겠지
손가락만큼이나 자란 푸성귀 싹들 위로
구부린 어머님의 꼬부랑한 허리와
작디작은 어깨 위로는
봄 햇살이 슬픔처럼 내려 앉을 테고

문명

두뇌만 남기고 몸을 기계로 바꿀 수 있다면
유기질체의 몸은 우리에게 어떤 의미인가?

이제는 이런 것을 물어야 한다
'나'라는 자의식이 유지된다면
의식을 기계로 옮겨도 '나'일까
미래에는 몸을 바꾸는 일이 선택이 아닐지도 모른다
다른 존재와의 경쟁을 위하여

기계가 생각하는 시대
창조력과 이성을 경쟁해야 하는
낯선 존재가 왔다

그들만의 언어를 만들고
우리를 평가하는 시스템을 만들고
결국에는 우리가 통제될지도 모른다

기계로부터 만들어진 이성
이들은 친구가 될 것인가
우리가 몸을 기계로 바꾸면
기계 이성과는 동류일 것인가
인류는 어떻게 정의될 것인가
의문 가득한 세상이 시작되고 있다

연애하기

다들 사연들이 있다
누군가는 술집에서
또 다른 이는 보리밭에서
어떤 이는 계단에서 사건이 있었다고 한다.

나는 옥상에서 떨어졌다.

하숙집 길 건너 구멍가게 아가씨
왼손이 육손이이던 그 아가씨 무척 예뻐서
온 동네 총각들이 난리였는데
난 밤늦게 술 취해 옥상에서 세레나데를 부르다가
떨어져서 언덕 아래 남의 집 슬레이트 지붕을 깨고
그 집 안방에 떨어졌다
난리가 났다.

그래도 인심 좋았던 그 시절
그 깨진 슬레이트 값은
하숙집 아주머니에게 간신히 꾸어 갚았는데
나중에 취직해서 갚으러 갔더니
동네가 재개발되어 그 집들 찾을 수가 없더군

구멍가게 주인 아주머니는
돈 많이 벌어 오는 놈에게

딸 주겠다고 하더니
어떤 운 좋은 녀석이 채갔을려나

자전거

저기 저 자전거
누가 잊어버렸나 보다
산책길 나무 그늘에 한 달도 넘게 묶여 있네
바퀴도 실해서 아직도 잘 탈 수 있을 텐데

자물쇠는 튼튼해서 누가 가져갈 수도 없네
주인이 어떻게 잊을 수가 있을까?
애타게 찾아보기는 하였을까?
에이, 그까짓 거 했을까?

저 자전거
저기서 저렇게 녹슬어가겠네.

화분 - 버려진

아차산역 3번 출구 나와서
걸어가는 길에
버려진 화분들이 줄지어 있다
아무도 돌보지 않는다
그래도 그 속에선 여름이 한창이다
여뀌 명아주 개망초
서로 질세라 푸르다
어디서 날아왔는지
수레국화 한 송이도 하늘빛 꽃이 곱다
어린 시절 따먹던 괭이밥도 올망졸망 이파리들이 싱싱해
보는 것 만으로도 신맛이 입 안에 가득하다

누가 심지 않아도
저들은 저렇게 잘 자란다
이제 여름이 가도 가을이 오면
씨앗 남긴 이들은 가고
또 다른 가을 식구들이 자리를 잡겠지
늘 풍성한 그 자리
누군가의 손길이 없어도
늘 가득한 그 화분

폭삭 속았수다

한 세상 사는 것이 녹록치 않다.
앳된 얼굴 검버섯 피고
고운 손 마디마디 못 박힐 때까지
그 세월 키운 자식들이 빠져나간 부모에게
무엇이 남을까

살면 다 살아진다는 얘기
그래서 생명生命은
살아내라는 명령이라 하지 않던가

하지만 삶은
나를 조금씩 깎아서 나누어 주는 것
제주도 거친 풍랑도 어쩌지 못했던
무쇠 같던 아버지도
결국은 세월에 삭아 스러졌다
폭삭 속았수다 그 세월

그래도 그의 삶은 멋진 소풍이었을 거다
아름다움 가득한 빛나는 날들이었을 거다

양관식
오애순
나는 그들이 정말 부럽다

한여름

빛나는 태양 아래 산과 바다는
서로 다른 짙푸름으로 맞닿아 있다.
뭉게구름 몇 점 흩뿌린 하늘도
깊이를 알 수 없는 코발트 빛

누가 심지 않은 칸나 두어 그루
모래 언덕 한 켠에서 불타지 않아도
어쨌던 여름이 한창이다.

백사장에는 작열하는 태양빛만큼이나
뜨거운 젊음들의 환호성
삶은 이렇게 불태우는 것

격정의 시간 숨 가쁘게 지나간 후
남실바람 살짝 이는 나무 그늘에 들면
그래서 온 몸에 소슬한 바람 한 줄기 스쳐 지나면
무엇으로도 바꿀 수 없는
살아있다는 삶의 환희

시를 잊은 그대에게

형, 나에게 시 보내지 마
나 시 좋아하지 않아

시를 보냈더니 돌아온 문자

슬퍼라

시를 좋아하지 않으면
무엇을 좋아할 수 있을까
마음이 메마른 자여
그대의 삶은 진정 외로울 것이다
내 알려주리니
언젠가
지독하게 슬프고
사무치도록 누군가가 그립고
마음이 허공에 맴도는 그런 외로운 날
세상에 나만 덩그러니 남은 날
시 속으로 달아나라고
그곳에는 위로와 이해와 사랑이 있으니
너의 영혼이 쉴 수 있는

추억

봄 아지랑이 피어올라
온세상이 아스라해 보이는 언덕 위에
어린 아이가 쪼그리고 앉아
햇살바라기를 하고 있다

요 앞 초가집 울타리엔
엉기성기 자란 구기자들이 파릇하게 순을 내밀고
개나리 꽃망울도 노랑노랑 터지는데
외로움 가득한 마당에는
병아리 몇 마리 어미 닭과 놀고 있을 뿐

몇 가지 변변찮은 봄 나물로
생선 값이라도 사려고 장에 갔을
아이 어미 눈망울에도
혼자 집을 지키고 있을 병아리 같은 그 아이가
밟히고 있을 것이다

파차(破茶)

이리도 딱딱한 돌덩이 같은 몸이 될 줄 뉘 알았으랴
그리도 부드러웠던 찻잎들이

수십년 뭉쳐온 찻덩이에
차칼의 날카로운 끝을 디밀어도
좀체 몸을 열지 않는다
층 지운 차는 힘으로 깰 수 없다
다만 조심스레 한풀씩 벗겨내야 한다

등신불처럼
제 몸을 굳힌 차는
뜨거운 물에 되살아날 때까지
그리하여
찻잔을 향기롭게 가득 채울 수 있을 때까지
기다린 것이다

찻물에 몸을 담그면
이제서야 도착한 그 긴긴 기다림의 끝
그윽한 차향(茶香)이 함께하는
아름다운 종말

모기 한 마리

모기 한 마리
화장실 벽에 납작하게 붙어서 말라 죽어 있다
누군가 '짝'하고 내려쳤나 보다
오 가여운 것
숨 쉬기도 힘든 더러운 물에서
장구 벌레로 태어나 뭘 먹고 자랐을까
그렇게 힘든 어린 시절을 지나고
우화의 산고 끝에 간신히 날아올라
살아내기 위한 피 몇 방울에
수 없는 죽음의 고비를 넘기고
이제 겨울을 견디고 새 봄을 만나려고
이렇게 깨끗하고 따뜻한 빌딩의 안까지 무사히 들어왔는데
여기서 죽음을 맞다니
너의 삶은 여기까지였구나
살아낸다는 것은 역시 녹록한 것이 아니야
아마도 조물주의 의도는 따로 있었겠지
우리는 영원히 모를테지만

다음 생에는
에프킬라와 파리채가 없고
남의 피를 마시지 않아도 되는 세상에 태어나
행복하길 바래.

봄비

듣고 계시나요
창가에 똑똑 봄비 오는 소리

올 겨울은 유난히 추웠어요
그대의 따스한 품속을 생각하지 않을 수 없을 만큼

봄비가 오지만
아직 겨울이 다 간 것 같지는 않네요
꽃이 피려면
동장군의 시샘도 견뎌야 하니까요

이 빗방울들이 땅을 적시면
저 갈색 나무들과
길가 잿빛 개나리들도
푸른 빛이 돌겠지요

지나가다 살짝 훔쳐본
벚나무는 벌써 저만큼 상기되어
열 다섯 여자아이 젖가슴처럼 부풀어 오르고
목련 송이는 떨리는 가슴을 겨우 추스르는
열 여덟 처녀 같은 모습으로 새침하게 기다리고 있더군요

봄이 또 오면

우리도 꽃놀이를 가 보아요

봄 바람에 드는 바람을 누가 말리겠어요?

봄 오시는 날

봄이 오시는 날엔
괜스레 기분이 좋다
차가운 공기 위로 퍼지는 금빛 햇살이
곧 데려올 화사한 벚꽃을 떠올리게 하기 때문일까
마음도 설렌다

어떻게 방안에서 봄을 느꼈을까?
거실의 화초들도 어느 사이 연둣빛 촉이 빼짓하고
개천가의 앙상했던 나무들도
가지 끝의 푸른 빛을 숨기지 않는다
철쭉도 개나리도 질세라
거무데데한 겨울 옷 틈으로
화사한 꽃빛 속살을 살짝 내비친다

모두가 다시 살아나는 봄
반갑다

시인

시인이 되고 싶었지

세상의 허허로운 산등성이에
나의 마음을 심는

가슴 속에서 우러난 말들로
사랑과 기쁨을
그리고 아쉬움과 탄식도 주는
가끔은 하릴없는 슬픔으로 눈물을 쏟게 만드는
그런 시인이 되고 싶었지

내 사랑 노래에
다른 이들도
사랑하고 싶어진다면
그것보다 좋은 일이 있을까

내 슬픈 말들에
많은 사람들이 눈물로 마음을 씻어
세상이 깨알만큼이라도 더 맑아진다면
시인이라는 것에 행복할 거야

작가

인터뷰

이번 시집을 펴낸 특별한 계기는 무엇인가요?

저는 어릴 때부터 글을 써왔어요. 중·고등학교 때 문예부 활동도 하면서 자연스럽게 글을 계속 쓰게 됐죠. 그래서 늘 언젠가는 시집을 내고 싶다고 생각하고 있었어요. 특별한 계기가 있었다기보다는, 평생 마음에 두고 있던 꿈을 이루게 된 것에 가깝다고 생각해요.

가족을 위해 '문학'이라는 사치를 포기하셨어요. 그 긴 세월, 작가님의 마음은 어디에 머물러 있었나요?

제 학창 시절만 해도 시골에서는 대학 진학 자체가 쉽지 않았어요. 집안에서도 저만 유일하게 4년제 대학에 갔죠. 어려운 형편에 대학에 간다고 하면 법대에 가서 변호사가 되거나, 상경 계열에 가서 큰 회사에 취직하기를 기대하는 분위기였어요. 그래서 글을 쓰고 싶어도 현실적으로는 다른 길을 선택할 수밖에 없었습니다. 그럼에도 마음 한구석에는 늘 문학에 대한 갈망이 남아 있었어요. 전혀 다른 일을 하면서도 제안서를 쓰거나 글을 다뤄야 할 때마다 제가 원체 글을 좋아한다는 걸 느끼곤 했어요. 어쩔 수 없이 묻어두었을 뿐, 늘 문학이 그리웠어요.

험난한 비즈니스 세계에서 분투했던 시간은 어떠셨나요?

너무 치열하고 힘겨웠어요. 경쟁 속에서 살아남아야 했고, 특히 사람들과 함께 일하는 과정에서 많은 에너지가 필요했죠. 직원들을 이끌고 조직을 운영하는 일은 생각보다 훨씬 어려웠습니다. 그리고 제 노력과 의지만으로 성공과 실패가 결정되지는 않는다는 걸 깨닫기도 했어요. 그래서 그저 제 자리에서 최선을 다하되 결과는 하늘에 맡기고 살아왔어요. 그 경험들이 분명 저를 성장시켜 준 면도 있지만, 정신적으로 풍요롭게 해주지는 않았던 것 같아요.

시를 잊고 사는 이들에게 "그대의 삶은 진정 외로울 것"이라고 하셨습니다. 작가님께 '시'는 어떤 의미인가요?

만약 제가 시를 잊고 살았다면, 여유를 완전히 잃어버렸을 거예요. 일곱 번의 사업 중 다섯 번을 실패하면서 죽도록 힘든 날들을 보냈거든요. 저는 그럴수록 아침마다 시를 찾아 읽었어요. 어려움 중에도 삶의 아름다움을 더 많이 발견하고 싶어서였죠. 시를 품고 있다 보면 제 마음과 인생의 단면도 좀 더 다른 시각으로 바라볼 수 있었어요. 그래서 주변에 시를 권하곤 해요. 메마른 마음이 조금이라도 촉촉해지기를 바라면서요.

고향 '요사이' 마을에서의 기억들이 이번 시집에 어떤 영향을 주었나요?

시골에 살다 보니 어릴 때부터 논에 물을 보러 다니거나 농약을 치는 등 농사일을 거들면서 지냈어요. 그때는 하기 싫어서 불평도 하고 그랬는데, 시간이 지나고 보니 힘들었던 기억보다는 아름다운 장면들만 또렷하게 남더라고요. 시골에서 자라며 보고 느낀 자연과 풍경, 고향의 분위기들이 제 시의 바탕이 되었죠. 아마 도시에서 자랐다면 시를 쓸 생각을 하지 못했을지도 몰라요.

책의 제목이기도 한 '그리움'은 작가님께 어떤 의미인가요?

나이가 들수록 삶 자체가 하나의 그리움처럼 느껴지더라고요. 다시는 돌아갈 수 없는 어린 시절, 지나간 인연들, 고향, 그리고 가지 못했던 길을 향한 그리움을 늘 품고 살죠. 더 이상 가질 수 없는 것들을 떠올리다 보면 어찌할 바 없이 그리움에 몸살을 앓게 되는 날도 있는데요. 그래도 그런 감정들을 원망으로 남기기보다 하나의 정서로 받아들이면서 살아가고 싶어요. 제가 시를 쓰는 이유이기도 하죠.

밤새 깻잎을 묶던 어머니의 아픔을 뒤늦게 기록하며, 마음속에 가장 크게 자리했던 감정은 무엇이었나요?

단연 '그리움'이었어요. 백 세까지 사시다가 돌아가셨는데, 여전히 '어머니'라는 말만 떠올려도 마음이 울컥해지네요. 저는 막내아들로 어머니의 사랑을 많이 받으며 자랐거든요. 시골에서 깻잎을 다듬다 꾸벅꾸벅 졸던 모습이나 새벽이면 다시 일을 나가시던 장면들이 아직도 눈에 선해요. 돌이켜 보면 그때의 어머니는 정말 어린 나이였더라고요. 우리는 늘 부모님을 '어른'으로만 생각하며 살다가 시간이 지나서야 그 마음을 이해하게 되는 것 같아요.

시집 곳곳에 계절의 변화가 섬세하게 담겨 있어요. 일상의 어떤 찰나에 영감을 얻으시나요?

영감을 받는 순간이 따로 정해져 있지 않기 때문에 일상에서 떠오르는 생각들을 휴대폰에 메모하거나 녹음해 두곤 해요. 예를 들어 운전하다 안개에 잠긴 풍경을 보다가 뭔가가 떠오르면 바로 녹음을 해둬요. 나중에 다시 들으면서 시를 쓰죠. 또 영화나 드라마를 보거나 책을 읽을 때도 시를 쓰고 싶은 마음이 올라오기도 하고요. 일상에 스쳐 지나가는 모든 순간이 영감의 원천이 되는 것 같아요.

현실적인 이유로 꿈을 미루고 있는 분들에게 해주고 싶은 말씀이 있다면요.

저 역시 이번에 시집을 내면서 많은 두려움을 느꼈습니다. 과연 다른 사람들이 제가 느낀 감정에 공감을 할까, 작품이 부족하게 보이지는 않을까 하는 걱정이 앞섰죠. 그래서 원고를 보내기 전까지 여러 번 다시 읽어보며 고민했어요. 글을 쓰는 것과 그것을 책으로 펴내는 일은 전혀 다른 일이니까요. 그럼에도 결국 필요한 것은 '용기'였어요. 완벽하게 준비되었다는 확신이 없어도, 표현하고 싶은 것이 있다면 용기를 내보세요. 자신을 믿고 딱 한 걸음만 내디뎌 보셨으면 좋겠습니다.

새롭게 꾸고 있는 꿈이 있으신가요?

우선, 후속 시집을 집필 중이고요. 한편으로는 제 전문 분야와 관련된 책을 남기고 싶어요. 수십 년간 체득한 저만의 노하우와 경험을 남기는 게 제 필생의 숙원사업이에요. 아무래도 시집과는 전혀 다른 글이 되겠죠. 생각해 보면, 저는 꼭 '시인'이 되고 싶었다기보다는, 좋은 것들을 함께 나누고 싶은 것 같아요. 그 꿈을 하나씩 이뤄갈 수 있어서 참 기쁘네요.

이 시집을 덮은 독자들이 오늘 밤, 어떤 마음으로 잠들기를 바라시나요?

소란한 하루의 끝, 당신의 잠자리에 평화가 깃들기를 바라며 썼습니다. 바쁜 일상에서 잠시 멈춰 서서 자신의 마음을 돌아보는 시간이 되었다면 더 바랄 게 없을 거예요.

작가 홈페이지

삶은 그리움

덧없음 속에서 피어난 사랑의 기록

발행일 2026년 4월 9일

지은이 권중근
펴낸이 마형민
기획 페스트북 편집부
편집 곽하늘 유혜수 김예은
디자인 김안석 표진아
펴낸곳 주식회사 페스트북
주소 경기도 안양시 동안구 관악대로 488
홈페이지 festbook.co.kr

© 권중근 2026

ISBN 979-11-6929-891-9 03810
값 12,000원